애너벨 리

世界詩人選
6

애너벨 리

에드거 앨런 포

김경주 옮김

ANNABEL LEE
Edgar Allen Poe

차례

애너벨 리 ANNABEL LEE   7

이즈라펠 ISRAFEL   13

엘도라도 ELDORADO   19

바다 속 도시 THE CITY IN THE SEA   23

헬렌에게 TO HELEN   29

잠든 연인 THE SLEEPER   31

천국의 그대에게 TO ONE IN PARADISE   39

꿈속의 꿈 A DREAM WITHIN A DREAM   43

까마귀 THE RAVEN   47

옮긴이의 글: 기묘하고 아름다운 홍가의 시들   89

「애너벨 리」에 대하여: 나보코프가

     가장 좋아한 작가 (이현우)   95

ANNABEL LEE

It was many and many a year ago,
  In a kingdom by the sea,
That a maiden there lived whom you may know
  By the name of Annabel Lee:
And this maiden she lived with no other thought
  Than to love and be loved by me.

She was a child and I was a child,
  In this kingdom by the sea;
But we loved with a love that was more than love —
  I and my Annabel Lee —
With a love that the winged seraphs of heaven
  Coveted her and me.

And this was the reason that, long ago,
  In this kingdom by the sea,
A wind blew out of a cloud, chilling
  My beautiful Annabel Lee —
So that her highborn kinsmen came
  And bore her away from me,
To shut her up in a sepulchre
  In this kingdom by the sea.

애너벨 리

멀고 먼 옛날,
바닷가 어느 왕국에
당신이 알지도 모를
애너벨 리라는 한 여인이 살았어요.
날 사랑하고 내게 사랑받는 것 외엔
다른 생각이 없는 소녀였어요.

바닷가 그 왕국에선
그녀도 어렸고 나도 어렸어요.
그러나 나와 애너벨 리는
사랑 그 이상의 사랑을 했어요.
날개를 가진 하늘의 천사도
부러워할 그런 사랑을

그 때문이었어요. 오래전 바닷가 이 왕국에서
구름을 빠져나온 바람이
내 애너벨 리의 몸을 차갑게 만들어 버렸어요.
그리고 곧 그녀의 고귀한 친척들이 찾아와
그녀를 내게서 빼앗아 갔고
이 바닷가 왕국의 무덤 속에
가두어 버렸지요.

The angels, not half so happy in Heaven,
  Went envying her and me: —
Yes, that was the reason (as all men know,
  In this kingdom by the sea)
That the wind came out of the cloud by night
  Chilling and killing my Annabel Lee.

But our love it was stronger by far than the love
  Of those who were older than we —
  Of many far wiser than we —
And neither the angels in Heaven above,
  Nor the demons down under the sea,
Can ever dissever my soul from the soul
  Of the beautiful Annabel Lee: —

For the moon never beams, without bringing me dreams
And the stars never rise, but I feel the bright eyes
  Of the beautiful Annabel Lee;
And so, all the night-tide, I lie down by the side
Of my darling, my darling, my life and my bride
  In her sepulchre there by the sea —
  In her tomb by the sounding sea.

우리들이 가진 행복의 반도 가지지 못했던
천사들이 샘을 냈거든요.
그래요! 그게 이유였어요.(바닷가 이 왕국의 모든 이가 알
　　듯이)
밤 사이 바람이 구름을 빠져나와 그녀를 차갑게 식히고
나의 애너벨 리의 숨을 얼어붙게 한 것은.

하지만 우리들의 사랑은 강했어요.
우리보다 나이가 많은 사람들의 사랑보다노,
우리보다 지혜로운 사람들의 사랑보다도,
저 위에 존재하는 천상의 천사들도,
저 아래에 있는 바다 아래 악마들도,
내 영혼을 아름다운 애너벨 리의 영혼으로부터
떼어내지 못했어요,

달빛은 내가 아름다운 애너벨 리의 꿈을 꾸면 따라오고
별들이 뜨면 아름다운 애너벨 리의 빛나는 눈동자가
내 눈으로 들어오는 걸 느껴요
그래서 이 밤에 나는 ── 나의 사랑이며, 내가 사랑하는, 내
　　생명인 내 신부 곁에 누워 있어요.
파도 소리가 들려오는 바닷가 그녀의 무덤 옆에
바닷가 옆, 내 여인이 누워 있는 그곳에.

에두아르 마네, 「해변에 누워 있는 여인: 애너벨 리」
1881

제임스 맥닐 휘슬러, 「애너벨 리」
1911

ISRAFEL

In Heaven a spirit doth dwell
  "Whose heart‑strings are a lute;"
None sing so wildly well
As the angel Israfel,
And the giddy stars (so legends tell),
Ceasing their hymns, attend the spell
  Of his voice, all mute.

Tottering above
  In her highest noon,
  The enamoured moon
Blushes with love,
  While, to listen, the red levin
  (With the rapid Pleiades, even,
  Which were seven)
  Pause in Heaven

And they say (the starry choir
  And the other listening things)
That Israfeli's Fire
Is owing to that lyre
  By which he sits and sings ——

이즈라펠

하늘에 한 정신이 살고 있으니
"그 심장의 울림은 류트다"
비교할 수 없는 노래를 부르는
그의 이름은 천사 이즈라펠,
그 목소리의 마법에 걸린 별들은
(전설은 그렇게 말해 온다)
스스로 찬미를 멈추고
모두 벙어리가 되어 버렸지

높은 곳에서 비틀거리며
그 노래에 빠진 달은
사랑으로 넋을 잃고 뺨이 붉어진다.
한편으론 붉은 번갯불까지도
(심지어는 재빠른 일곱 개의 별 플레이아데스마저)
귀를 기울이려고
천상에 잠시 멈추어 있다

그들에 의하면
(별들의 성가대와 귀를 기울이는 모든 것들의 말로는)
이즈라펠의 불은
그가 곁에 두고 노래하는
악기의 현에서 나오는 것이다.

The trembling living wire
Of those unusual strings.

But the skies that angel trod,
  Where deep thoughts are a duty —
Where Love's grown-up God —
  Where the Houri glances are
Imbued with all the beauty
  Which we worship in a star.

Therefore thou art not wrong,
  Israfeli, who despisest
An unimpassioned song;
To thee the laurels belong,
  Best bard, because the wisest!
Merrily live, and long!

The ecstasies above
  With thy burning measures suit —
Thy grief, thy joy, thy hate, thy love,
  With the fervour of thy lute —
  Well may the stars be mute!

그 신기한 선은
살아서 떨고 있는 줄들이라서.

그러나 그 천사가 걸어 다니는 하늘은
깊은 사색이 의무인 곳이고
사랑이 자라서 신(神)이 되는 장소이다
미녀들의 눈길엔
우리가 별을 보고 노래하는
모든 아름다움이 스며 있다.

그러므로 이즈라펠이여
아름다움이 없는 노래를 경멸하는 것이
그대의 잘못은 아니다
월계관은 그대의 것이다
최상의 음유시인 가장 지혜롭기에!
즐겁게 살며 영원한 삶을 살아라!

천상의 환희는
그대의 불타는 리듬에 어울리고
그대의 슬픔, 그대의 기쁨, 그대의 증오, 그대의 사랑은
그대의 현이 가진 열렬함에 어울린다
별들이 침묵하는 것이 당연하도록!

Yes, Heaven is thine; but this
  Is a world of sweets and sours;
  Our flowers are merely — flowers,
And the shadow of thy perfect bliss
  Is the sunshine of ours.

If I could dwell
Where Israfel
  Hath dwelt, and he where I,
He might not sing so wildly well
  A mortal melody,
While a bolder note than this might swell
  From my lyre within the sky.

그래, 천국은 그대의 것
그러나 이 세계는 떫은 향기와 맛이 나는 곳
우리들의 꽃들은 다만
꽃에 지나지 않고
행복이 충만한 그대의 그림자는
우리에게 햇볕이 되어 준다

이즈라펠이 살았던 곳에
내가 산다면
내가 사는 곳에 이즈라펠이 산다면
인간의 선율을 그는
그처럼 힘차게 부르진 못하리
그러나 나의 현악기는
하늘에서
지금보다는 대담한 음으로
우렁차게 퍼질 텐데

ELDORADO

Gaily bedight,
  A gallant knight,
In sunshine and in shadow,
  Had journeyed long,
  Singing a song,
In search of Eldorado.

But he grew old —
  This knight so bold —
And o'er his heart a shadow
  Fell as he found
  No spot of ground
That looked like Eldorado.

And, as his strength
  Failed him at length,
He met a pilgrim shadow —
  "Shadow," said he,
  "Where can it be —
This land of Eldorado?"

"Over the mountains

엘도라도

화려하게 옷을 차려입고
용감한 기사 하나가
햇볕과 그늘을 지나
오랜 세월
엘도라도를 찾아서
노래를 부르며
여행을 했다

그러나 그도 늙고 말았다
용맹한 그 기사도 —
엘도라도처럼 생긴 곳은
지상엔 존재하지 않아
그의 가슴 위로 그늘이 하나 떨어졌다

결국 그는 지치고 약해져서
순례하는 그림자 하나를 만났다
"그림자여?" 그는 물었지
"어디에 있는가? —
엘도라도의 땅은?"

"산을 넘어 달나라로
그림자의 골짜기 아래로

Of the Moon,
Down the Valley of the Shadow,
Ride, boldly ride",
The shade replied, —
"If you seek for Eldorado!"

말을 타고 달려야 한다
용기를 내고 달려야 한다."
그림자는 대답했다
"당신이 엘도라도를 찾는다면!"

THE CITY IN THE SEA

Lo! Death has reared himself a throne
In a strange city lying alone
Far down within the dim West,
Where the good and the bad and the worst and the best
Have gone to their eternal rest.
There shrines and palaces and towers
(Time-eaten towers that tremble not!)
Resemble nothing that is ours.
Around, by lifting winds forgot,
Resignedly beneath the sky
The melancholy waters lie.

No rays from the holy heaven come down
On the long night-time of that town;
But light from out the lurid sea
Streams up the turrets silently —
Gleams up the pinnacles far and free —
Up domes — up spires — up kingly halls —
Up fanes — up Babylon-like walls —
Up shadowy long-forgotten bowers
Of sculptured ivy and stone flowers —
Up many and many a marvellous shrine

바다 속 도시

보라! 죽음이 왕위에 올랐다.
멀리 아득한 서쪽 나라에
홀로 누워 있는 도시에서,
선한 자와 악한 자 최악과 최선의 것들이
깨지 않는 잠을 잔 채 쉬고 있다
그곳의 사원과 궁전과 탑들은
우리의 것들과는 전혀 다르다
(세월이 삼켜 버린 탑들은 꿈쩍도 않는다)
그 주변에는 바람결도 사라지고
하늘 아래 체념으로 가득 찬
바다가 우울하게 누워 있다

밤으로만 길게 이어진 그 도시엔
천국의 빛은 내리쬐지 않고
소름 돋는 바다의 빛만이
소리 없이 탑들 위로 흘러 오르고 있다
멀리서 아슴하게 올라와 빛나게 한다.
둥근 지붕과 첨탑과 ─ 왕국의 회랑들을
성당들을, 바빌론풍의 돌들을,
돌로 만든 꽃과 상아로 된 덩굴을,
잊힌 지 오래된 그늘의 정자를,
바이올렛, 제비꽃, 덩굴식물이

Whose wreathed friezes interwine
The viol, the violet, and the vine.

Resignedly beneath the sky
The melancholy waters lie.
So blend the turrets and shadows there
That all seem pendulous in air,
While from a proud tower in the town
Death looks gigantically down.

There open fanes and gaping graves
Yawn level with the luminous waves;
But not the riches there that lie
In each idol's diamond eye —
Not the gayly-jewelled dead,
Tempt the waters from their bed;
For no ripples curl, alas!
Along that wilderness of glass —
No swellings tell that winds may be
Upon some far-off happier sea —
No heavings hint that winds have been
On seas less hideously serene.

섞여 있는 화환이 장식된
수없이 많은 웅장한 사원들을,

하늘 아래 체념한 채
우울한 바다는 누워 있다.
그곳에서 탑들과 그림자들은 서로 섞여서
공중에서 흔들리고 있는 것처럼 보인다.
도시의 당당한 탑 위에서
죽음이 거인처럼 내려다보면

신전은 열려 있고, 무덤은 입을 벌려
빛을 뿜는 파도와 함께 하품을 한다.
그러나 다이아몬드로 된 신상의 눈마다
놓여 있는 재화나 화려한 보석으로 꾸며진 사자들도
그들의 침실로 바다를 유혹할 순 없다
왜냐하면 아아 슬프지만! ─ 유리의 황무지 ─
바닷가엔 잔물결조차 볼 수 없다
부풀고 있는 물거품도 바람이 어떤 먼 곳,
더 맑은 바다 위에만 있다고 말해주진 않는다
어떤 너울도 바람이 있었다고 암시하진 않으니까

But lo, a stir is in the air!

The wave — there is a movement there!

As if the towers had thrust aside,

In slightly sinking, the dull tide —

As if their tops had feebly given

A void within the filmy Heaven.

The waves have now a redder glow —

The hours are breathing faint and low —

And when, amid no earthly moans,

Down, down that town shall settle hence,

Hell, rising from a thousand thrones,

Shall do it reverence.

그러나 보라!
공중에서 무엇인가 움직인다!
파도 — 거기엔 움직임이 있다!
마치 탑들이 조금씩 가라앉으며
물결을 옆으로 밀어낸 듯이 —
탑 꼭대기들이 천국에게
조용한 공백을 남겨 준 듯 —
이제 파도는 좀 더 붉은 발광을 하고 있다.
시간은 낮고 희미한 숨을 쉰다
그리고 그제야 지상의 것이 아닌 비탄 속에서
아래로 아래로 그 도시가 가라앉을 때
지옥은 천 개의 옥좌에서 일어나
그것에 경의를 표할 것이다.

TO HELEN

Helen, thy beauty is to me
  Like those Nicean barks of yore,
That gently, o'er a perfumed sea,
  The weary, way-worn wanderer bore
  To his own native shore.

On desperate seas long wont to roam,
  Thy hyacinth hair, thy classic face,
Thy Naiad airs have brought me home
  To the glory that was Greece,
  And the grandeur that was Rome.

Lo! in yon brilliant window-niche
  How statue-like I see thee stand,
The agate lamp within thy hand!
  Ah, Psyche, from the regions which
  Are Holy-Land!

헬렌에게

헬렌, 그대 아름다움은 마치
옛날 니케아의 돛단배 같구나
방랑에 지친 나그네를 태워서
향기 나는 바다를 건너
부드럽게
고향의 해변으로 실어다 주던.

오랫동안 사나운 바다에서 헤매던 나는
그대의 히아신스 같은 머리카락,
여신 나이아드 같은 우아한 그대의 모습 덕택에
옛날 그리스가 가진 영광,
로마의 숭고함으로 떠내려갈 수 있었다.

오! 저 눈부신 창가에 조각처럼 서서
손에 마노의 등잔불을 들고 있는 모습은,
아! 그대는 정말
성스러운 나라에서 태어난
여신 프시케와 같구나

THE SLEEPER

At midnight, in the month of June,
I stand beneath the mystic moon.
An opiate vapor, dewy, dim,
Exhales from out her golden rim,
And softly dripping, drop by drop,
Upon the quiet mountain-top,
Steals drowsily and musically
Into the universal valley.
The rosemary nods upon the grave;
The lily lolls upon the wave;
Wrapping the fog about its breast,
The ruin moulders into rest;
Looking like Lethe, see! the lake
A conscious slumber seems to take.
And would not, for the world, awake.
All Beauty sleeps! — and lo! where lies
(Her casement open to the skies)
Irene, with her Destinies!

Oh, lady bright! can it be right —
This window open to the night?
The wanton airs, from the tree-top,

잠든 연인

6월의 밤,
나는 신비한 달 속에 서 있다.
이슬에 젖은 양귀비의 향기,
뜨거운 날숨을 뿜으며
금빛 둘레를 따라
차르르 흘러
조용한 산마루 위로
우주의 계곡으로 흘러내려
몽롱한 음악이 되어
고요히 스며 있다.
무덤 위에 핀 로즈메리는
고개를 흔들고 있고,
백합은 파도 위에 피어서 나른하다.
가슴 가득 안개가 들어간 폐허는
휴식 속에 머무른다.
보라! 호수는 망각의 물처럼
두 번 다시 깨어나지 않을 것처럼
의식이 뚜렷한 잠을 자고 있는 듯하다.
이 세상의 모든 아름다움이 잠들어 있는 곳 —
보라! 그곳에 이레네가 누워 있다.
(하늘로 열린 그녀의 창)
그녀의 운명과 함께.

Laughingly through the lattice drop —
The bodiless airs, a wizard rout,
Flit through thy chamber in and out,
And wave the curtain canopy
So fitfully — so fearfully —
Above the closed and fringéd lid
'Neath which thy slumb'ring soul lies hid,
That, o'er the floor and down the wall,
Like ghosts the shadows rise and fall!
O lady dear, hast thou no fear?
Why and what art thou dreaming here?
Sure thou art come o'er far-off seas,
A wonder to these garden trees!
Strange is thy pallor! strange thy dress!
Strange, above all, thy length of tress,
And this all solemn silentness!

The lady sleeps! Oh, may her sleep,
Which is enduring, so be deep!
Heaven have her in its sacred keep!
This chamber changed for one more holy,
This bed for one more melancholy,

오, 총기로 가득 찬 여인이여!
이렇게 환하게 창문을
밤을 향해 열어 두어도 되나요?
음산한 공기의 정령들이
나무 꼭대기로부터
웃으면서 창문 창살로 뛰어내린다.
몸이 보이지 않는 마법사의 무리들이
그대 침실을 빠르게 드나드는데,
천국의 커튼을 저렇게
제멋대로 무섭게 흔들고 있는데!
당신의 잠든 영혼이 그 밑에 숨겨져 있는데
잠겨진 아름다운 눈꺼풀 위를
유령처럼 그림자들이 뛰어다니는데
사랑하는 여인이여, 그대는 두렵지도 않으세요?
왜? 무엇을 여기서 그대는 꿈꾸고 있나요?
그래, 먼 바다를 건너온 당신은
이 정원의 나무들에게는 확실히 불가능한 존재예요!
신비해요. 그대의 그 창백함이!
신비해요. 그대의 그 의상이!
무엇보다도 신비한 건 당신이 길게 땋아 내린 그 머릿결!
그리고 이 모든 숭고한 침묵!

I pray to God that she may lie
Forever with unopened eye,
While the pale sheeted ghosts go by!

My love, she sleeps! Oh, may her sleep,
As it is lasting, so be deep!
Soft may the worms about her creep!
Far in the forest, dim and old,
For her may some tall vault unfold —
Some vault that oft hath flung its black
And wingéd pannels fluttering back,
Triumphant, o'er the crested palls
Of her grand family funerals —
Some sepulchre, remote, alone,
Against whose portals she hath thrown,
In childhood, many an idle stone —
Some tomb from out whose sounding door
She ne'er shall force an echo more,
Thrilling to think, poor child of sin!
It was the dead who groaned within!

그 여인은 잠들어 있다!
아아, 부디 그녀의 잠이 오래도록 깊은 것이기를 바라요!
제발 천국이 성스러운 곳에 그녀를 간직해 주기를.
이 침실은 또 하나의 성소로
이 침대는 또 하나의 슬픔으로, 변하게 해 주세요.
나는 신에게 기도드려요.
그녀가 눈을 뜨지 말고
영원히 잠들어 누워 있을 수 있도록!
저 어두운 유령의 수의들이
모두 다 지나갈 때까지.

나의 사랑, 그녀는 잠들어 있다!
아아, 그녀를 잠자게 해 주세요.
영원히 지속되는, 깊은 잠을
그녀 주변의 벌레들마저
부드럽게 기어 다니도록 해 주세요!
먼 숲 속 낡고 어두운
천장이 높은 무덤을
그녀를 위해 열어 주세요.
화려한 가문의 문장이 새겨진 장례식의 검은 천 위로
의연하고 캄캄한 날개 장식을

이 세상의 모든 아름다움이 잠들어 있는 곳
보라! 그곳에 아레네가 누워 있다.

닫아 버리던 그 무덤을.
멀리 홀로 떠 있는 무덤을 ―
어린 시절 그녀가 수없이 돌장난을 하던 무덤
소리가 나던 문을 가진 그 무덤 ―
이젠 다시 그녀가 메아리를 만들어도
소리가 퍼져 나갈 수 없도록
불쌍한 어린아이. 죄의 ―
생각만 해도 떨린다.
그 안에서 신음한 자들은
다름 아닌 죽은 자들이었으니!

TO ONE IN PARADISE

Thou wast all that to me, love,
  For which my soul did pine —
A green isle in the sea, love,
  A fountain and a shrine,
All wreathed with fairy fruits and flowers,
  And all the flowers were mine.
Ah, dream too bright to last!

Ah, starry Hope! that didst arise
But to be overcast!
A voice from out the Future cries,
"On! on!" — but o'er the Past
  (Dim gulf!) my spirit hovering lies
Mute, motionless, aghast!

For, alas! alas! with me
  The light of Life is o'er!
No more — no more — no more —
(Such language holds the solemn sea
To the sands upon the shore)
Shall bloom the thunder-blasted tree,
  Or the stricken eagle soar!

천국의 그대에게

사랑이여! 그대는
내 영혼이 열렬히 갈망하는 모든 것이었다
사랑이여! 그대는
바다의 한가운데 떠 있는 초록의 섬
열매와 꽃들이 풍성한 샘과 사원
그 모든 꽃들은 나의 몫이었고
아아, 너무나 선명해서 지속되지 못하는 꿈!

아! 별빛 희망! 그렇게 떠올랐으나
구름 속에 흩어진다.
목소리가 미래에서 소리친다.
"계속 와야지!" ─ 그러나 나의 정신은 과거 속에
(흐리고 깊은 수렁) 누운 채, 아무 말도 못하고, 부들부들
    떨고만 있네!

아아! 그렇게 삶의 빛은 내게서 사라진다
더 이상은 ─ 더 이상 ─ 더 이상
(그런 말은 숭고한 바다를 해변의 모래에 붙들리게 한다)
벼락이 들어간 나무는 꽃 피우지 못하고
병에 시달린 독수리는 떠오를 순 없다!

And all my days are trances,
 And all my nightly dreams
Are where thy grey eye glances,
 And where thy footstep gleams —
In what ethereal dances,
 By what eternal streams.

그래서 나의 낮은 혼수상태이며
나의 모든 밤의 꿈은
그대의 회색 눈동자가 촘촘하고
그대의 발길이 빛나는
천국의 춤이 있는 그 곁은
영원한 시냇물이 흐른다

A DREAM WITHIN A DREAM

Take this kiss upon the brow!
And, in parting from you now,
Thus much let me avow —
You are not wrong, who deem
That my days have been a dream;
Yet if hope has flown away
In a night, or in a day,
In a vision, or in none,
Is it therefore the less gone?
All that we see or seem
Is but a dream within a dream.

I stand amid the roar
Of a surf-tormented shore,
And I hold within my hand
Grains of the golden sand —
How few! yet how they creep
Through my fingers to the deep,
While I weep — while I weep!
O God! can I not grasp
Them with a tighter clasp?
O God! can I not save

꿈속의 꿈

이 키스를 이마에 받으세요!
이제 그대와 헤어짐으로
이만큼 나는 말할 수 있어요
내 지난날들은 꿈이었다고
그대가 틀린 건 아니에요
그러나 어떤 밤, 어떤 낮에
환영 속에서 날아가 버린 희망이
아무것도 아닌 것 속에 있다고
그렇다고 사라지지 않았다고 할 수 있나요?
우리가 보는 것과 그렇게 보이는 모든 것이
단지 꿈속의 꿈인데요.

바닷가에 다가와 부서지는
성난 파도 소리 속에 서 있어요
황금색 모래알을
나는 손에 쥐고 있어요 ― 얼마 되지도 않는!
그러나 모래알은
손가락 사이로 흘러가 바다로 떨어집니다
내가 울고 있는 동안에 ― 내가 울고 있는 동안!

오, 신이여! 제가 꼭 움켜쥘 수는 없을까요?
오, 신이여! 저 무정한 파도로부터

One from the pitiless wave?

Is all that we see or seem

But a dream within a dream?

한 알만이라도
제가 구할 수는 없나요?
우리가 보거나 겉으로 보이는 것이
진정 꿈속의 꿈일 뿐인가요?

THE RAVEN

Once upon a midnight dreary, while I
      pondered, weak and weary,
Over many a quaint and curious volume
      of forgotten lore,
While I nodded, nearly napping, suddenly
      there came a tapping,
As of some one gently rapping, rapping
      at my chamber door.
"'Tis some visiter," I muttered, "tapping
      at my chamber door —
            Only this, and nothing more."

Ah, distinctly I remember it was in the
      bleak December,
And each separate dying ember wrought
      its ghost upon the floor.
Eagerly I wished the morrow; — vainly I
      had sought to borrow
From my books surcease of sorrow — sorrow
      for the lost Lenore —
For the rare and radiant maiden
      whom the angels name Lenore —

까마귀

언젠가 쓸쓸한 한밤중에
난 피로와 슬픔으로 지친 채
이미 잊힌 전설의
신비롭고 기이한
이야기책을 생각하면서
선잠이 들어 깜빡 졸고 있었는데
누군가 상냥하게
내 방문을 두드리는 듯한
소리가 갑자기 들려왔지
"누가 왔나?" 난 중얼거렸지
"방문을 똑똑 두드리기만 하는군.
　　　　　　　　그 이상은 아무것도 아니야. 그것뿐이야."

아, 분명히 기억할 수 있어
그건 쓸쓸한 겨울이었어.
타나 남은 잉걸불 하나, 하나가
마루 위에 유령의 그림자처럼 떨어져 있던,
난 아침이 어서 와 주기를 간절히 원했어.
내 책에서 슬픔의 페이지들을 빌려서
— 그 슬픔은 잃어버린 레노어로 인한 것이었어 —
끝내보려 했지만 그것은 헛되고 말았어.
천사들이 레노어라 부르는

아, 분명히 기억할 수 있어
그건 쓸쓸한 겨울이었어

내 책에서 슬픔의 페이지들을 빌려서

─ 그 슬픔은 잃어버린 레노어로 인한 것이었어 ─

                              Nameless here for evermore.

And the silken sad uncertain rustling of
              each purple curtain
Thrilled me — filled me with fantastic terrors
              never felt before;
So that now, to still the beating of my
              heart, I stood repeating
"'Tis some visiter entreating entrance at
              my chamber door —
Some late visiter entreating entrance at
              my chamber door; —
                              This it is, and nothing more."

Presently my soul grew stronger; hesitating
              then no longer,
"Sir," said I, "or Madam, truly your forgiveness
              I implore;
But the fact is I was napping, and so gently
              you came rapping,
And so faintly you came tapping, tapping at
              my chamber door,

귀하고 빛나던 여인,
　　　여기에서는 영원히 이름이 없는 채 누워 있는.

자줏빛 커튼은
비단결처럼 슬퍼지며,
흐려지는 그 소리는 나를 떨게 했어.
한 번도 느껴 본 적 없던 두려움은
환상으로 내 마음을 채우곤 했어.
그래서 나는 이제, 두근거리며
뛰는 가슴을 가라앉히려
일어나서 다시 말했어.
"누군가 방문 뒤에서 들어오기를 청하고 있어.
　　　더 이상은 아무것도 아니야. 그것뿐이야."

이윽고 내 영혼은 단단해졌어.
망설임 없이 나는 말했어.
"선생님! 선생님이든 귀부인이든 제 실례에 용서를 바랍니다.
실은 제가 살짝 선잠이 들었는데
당신이 너무 부드럽게 문을 두드리며 오셔서
그렇게 조용히 와서,
가만히 문을 두드리시니
들릴 듯 말 듯해서,

천사들이 레노어라 부르는
귀하고 빛나던 여인

"누군가 방문 뒤에서 들어오기를 청하고 있어."

That I scarce was sure I heard you" ——

    here I opened wide the door; ——

        Darkness there, and nothing more.

Deep into that darkness peering, long I

    stood there wondering, fearing,

Doubting, dreaming dreams no mortal ever

    dared to dream before;

But the silence was unbroken, and the stillness

    gave no token,

And the only word there spoken was the

    whispered word, "Lenore!"

This I whispered, and an echo murmured

    back the word, "Lenore!"

        Merely this, and nothing more.

Back into the chamber turning, all my soul

    within me burning,

Soon I heard again a tapping somewhat

    louder than before.

"Surely," said I, "surely that is something

    at my window lattice;

제가 미처 그 소리를 잘 듣지 못했습니다."
그리고 나는 방문을 활짝 열었지.
거기에는 어둠뿐, 더 이상은 아무것도 아니었어.

어둠 속을 깊숙이 바라보면서
나는 오랫동안 거기 서 있었지
의아해 하면서, 두려워하면서, 의심하면서,
어떤 사람도 꿈꾸어 본 적 없던
이 세상 것이 아닌 꿈속에서,
그러나 침묵 속에서 깨어나지 않은 채
고요는 아무런 기미도 보여 주지 않았지.
입속에서 나는 단어를 하나 꺼내 속삭였어.
"레노어!"
단어는 메아리가 되어 내게 돌려보냈어.
"레노어!"
더 이상은 아무것도 아니야. 그것뿐이야

방안으로 돌아왔는데
난 몸에서 일어나는 혼으로 불타기 시작했어.
그리고 다시 나는 들었어
전보다 좀 더 크게
문 두드리는 소리를

그리고 나는 방문을 활짝 열었지
거기에는 어둠뿐

의아해하면서, 두려워하면서, 의심하면서.
어떤 사람도 꿈꾸어 본 적 없던

Let me see, then, what thereat is, and this
        mystery explore —
Let my heart be still a moment and this
        mystery explore; —
                'Tis the wind, and nothing more!"

Open here I flung the shutter, when, with
        many a flirt and flutter,
In there stepped a stately raven of the
        saintly days of yore;
Not the least obeisance made he; not an
        instant stopped or stayed he;
But, with mien of lord or lady, perched
        above my chamber door —
Perched upon a bust of Pallas
        just above my chamber door —
                Perched, and sat, and nothing more.

Then this ebony bird beguiling my sad
        fancy into smiling,
By the grave and stern decorum of the
        countenance it wore,

"분명해." 나는 말했어
"분명히 저기 창가에 무언가 있군. 어디한번 볼까?
그렇다면 이 신비를 밝혀 봐야겠어.
마음을 좀 진정시킨 후
이 신비를 알아보자고.
            바람일 뿐. 더 이상은 아무것도 아니야. 그것뿐이야."

여기서 나는 덧창문을 확 열어 보았지.
그때 거기 서 있는 건
깃털을 펄럭이며 파닥이며
성스러운 옛 나라의 위엄 넘치는
까마귀 한 마리.
그는 조금의 예의도 갖추지 않고
멈추거나 주저하는 기색 없이
공작이나 영주 부인의 몸가짐으로
내 방 창턱에 걸터앉았어.
방문 바로 위에 놓인
팔라스 여신의 흉상 위에
올라앉았지
            더 이상은 아무것도 아니었어. 그것뿐이었어.

이 캄캄한 새가

"분명히 저기 창가에 무언가 있군. 어디 한번 볼까?"

여기서 나는 덧창문을 확 열어 보았지.
그때 거기 서 있는 건

"Though thy crest be shorn and shaven,
        thou," I said, "art sure no craven,
Ghastly grim and ancient raven wandering
        from the Nightly shore —
Tell me what thy lordly name is on the
        Night's Plutonian shore!"
                Quoth the raven, "Nevermore."

Much I marvelled this ungainly fowl to
        hear discourse so plainly,
Though its answer little meaning — little
        relevancy bore;
For we cannot help agreeing that no living,
        human being
Ever yet was blessed with seeing bird
        above his chamber door —
Bird or beast upon the sculptured bust
        above his chamber door,
                With such name as "Nevermore."

But the raven, sitting lonely on the placid
        bust, spoke only

단정하고 진지한 표정을 지었으므로
내 슬픔도 환상 속에 속아서 미소가 나왔어.
"볏의 깃털을 잘라내 밀어 버렸지만 너는 분명 겁쟁이는
아니로군." 나는 말했어
"밤의 해변을 따라 저승을 건너와 여기서 방랑하고 있지만
우아하고 당당한 그대의 이름은 무엇인가? 말해 다오!"
                                        "이제 끝내야 해."

나는 놀라서 감탄했어.
이 볼품없는 새가 그처럼 단순하게 말할 수 있다는 사실에.
하지만 그 대답은 거의 엉뚱한 것에
믿음도 가지 않는 것이었지.
살면서 누가 자기 방문에 앉은 새를 볼 수 있겠어
그런 행운에 동의하지 않을 순 없었지.
침실의 한가운데
조각된 흉상 위에 앉은 것이
새인지 짐승인지
            "이제 끝내야해"라는 이름을 가진 채 말이야.

그러나 그 까마귀는
평온한 흉상 위에 외롭게 앉아
마치 자신의 넋을 한마디에 붓고 있듯이

"분명히 저기 창가에 무언가 있군. 어디 한번 볼까?"

깃털을 펄럭이며 파닥이며
성스러운 옛 나라의 위엄 넘치는
까마귀 한 마리.

That one word, as if his soul in that one
      word he did outpour.
Nothing farther then he uttered — not a
      feather then he fluttered —
Till I scarcely more than muttered, "Other
      friends have flown before —
On the morrow *he* will leave me, as my
      hopes have flown before."
                Then the bird said, "Nevermore."

Startled at the stillness broken by reply
      so aptly spoken,
"Doubtless," said I, "what it utters is its
      only stock and store
Caught from some unhappy master whom
      unmerciful Disaster
Followed fast and followed faster till his
      songs one burden bore —
Till the dirges of his Hope that melancholy
      burden bore
                Of 'Never — nevermore'"

오직 한마디밖엔 말하지 않았어.
더 이상은 아무것도 하지 않고
깃털 하나 펄럭이지 않고 있었지
나는 조용히 혼잣말을 했지
"친구들은 모두 날아갔다. 아침이 되면 저 새도 나를 떠날
거야. 내 희망들이 다 그렇게 날아가 버렸듯이."
　　　　　　그러자 그 새는 말했어. "이제 끝내야 해."

의심할 여지 없이
꼭 맞아떨어진 대답으로
나는 정적에서 깨어나 깜짝 놀랐어.
그리고 나는 말했지.
"분명 저 새가 말하는,
유일하게 간직한 한마디인 저건,
어떤 불행한 주인에게서 익힌
무자비한 재앙에 쫓겨 오다가
그 노래 속에는 결국 하나의 무거운 저 마디만 남았을 거야
희망이 사라진 노래에도
음울하고 무거운 한마디는 남지.
　　　　　　　　　"이제 그만해."라는.

그러나 여전히 까마귀는

방문 바로 위에 놓인
팔라스 여신의 흉상 위에 올라앉았지

"밤의 해변을 따라 저승을 건너와 여기서 방랑하고 있지만."

But the raven still beguiling all my sad
        soul into smiling,
Straight I wheeled a cushioned seat in
        front of bird, and bust, and door;
Then, upon the velvet sinking, I betook
        myself to linking
Fancy unto fancy, thinking what this ominous
        bird of yore —
What this grim, ungainly, ghastly, gaunt,
        and ominous bird of yore
                Meant in croaking "Nevermore."

This I sat engaged in guessing, but no
        syllable expressing
To the fowl whose fiery eyes now burned
        into my bosom's core;
This and more I sat divining, with my
        head at ease reclining
On the cushion's velvet lining that the
        lamplight gloated o'er,
But whose velvet violet lining with the
        lamplight gloating o'er,

내 슬픔을 속여

미소로 변하게 했어.

나는 곧장 방석이 있는 의자를

새와 흉상이 있는 방문 앞으로 굴려다 놓았어.

포근한 벨벳에 앉아

나는 생각을 깊숙한 곳까지 이어가 보았어.

태고적 이 불길한 새의 뜻이

무엇일까를 생각했어.

이 음산하고, 희귀하고, 무시무시한, 비쩍 마른,

그리고 불길한 옛날의 새가

쉰 소리로 뱉어내는

　　　　"이제 끝내야해."란 의미는 무엇일까를.

나는 이런 생각에 몰입해서 앉아 있었지만

한마디 말도 건네지 않았어.

새 눈에서 불길이 번져 나와

이제 내 가슴 깊이 타들어 오기 시작했어.

나는 여기저기 생각에 잠겨

등잔 빛이 어른거리는

방석의 안감인 우단에

머리를 기대고 잠시 앉아 있었어

그러나 등잔 빛이 어른거리는

"친구들은 모두 날아갔다. 아침이 되면 저 새도 나를 떠날 거야.
내 희망들이 다 그렇게 날아가 버렸듯이."

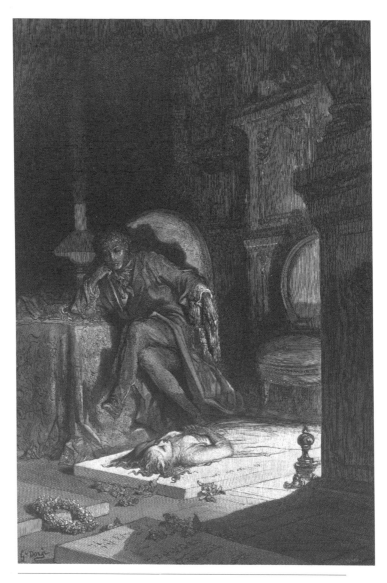

포근한 벨벳에 앉아
나는 생각을 깊숙한 곳까지 이어가 보았어

She shall press, ah, nevermore!

Then, methought, the air grew denser, perfumed
       from an unseen censer
Swung by angels whose faint foot — falls
       tinkled on the tufted floor.
"Wretch," I cried, "thy God hath lent thee
       — by these angels he hath sent thee
Respite — respite and Nepenthe from thy
       memories of Lenore!
Quaff, oh quaff this kind nepenthe and forget
       this lost Lenore!"
             Quoth the raven, "Nevermore."

"Prophet!" said I, "thing of evil! — prophet
       still, if bird or devil! —
Whether Tempter sent, or whether tempest
       tossed thee here ashore,
Desolate, yet all undaunted, on this desert
       land enchanted —
On this home by Horror haunted — tell me
       truly, I implore —

보랏빛 우단의 부드러운 안감에
그녀가 기대어 볼 수는 없겠지

                    "이제 끝내야 해"

그때 천사들이 흔드는,
눈에는 안 보이는 향로에서
향이 흘러나와 공기는 더욱 깊어졌어.
천사들의 희미한 발소리가
마룻바닥의 술 장식이 있는
양탄자 위에 가만히 울렸어.
"비참하구나." 하고 나는 나에게 외쳤어,
"너의 신이 너에게 빌려주셨어 ―
이 천사들 편으로 네게 보내 주신 거야
휴식을 ― 레노어의 기억을 잊기 위한 망각을.
마셔라, 아, 이 친절한 약을,
마셔라, 잃어버린 레노어를 잊어라!
                    까마귀가 깍깍 속삭였어, "이제 끝내야해."

"예언자여!" 나는 말했어.
"흉측한 것아! ―
새건 악마건 그대 예언자임에 틀림없구나!
신의 뜻으로 유혹을 보냈는지,

보랏빛 우단의 부드러운 안감에
그녀가 기대어 볼 수는 없겠지

"비참하구나." 하고 나는 나에게 외쳤어.
"너의 신이 너에게 빌려주셨어, 이 천사들 편으로
네게 보내 주신 거야."

Is there —— *is* there balm in Gilead? —— tell

me —— tell me, I implore!"

　　　　　Quoth the raven, "Nevermore."

"Prophet!" said I, "thing of evil! —— prophet

still, if bird or devil!

By that Heaven that bends above us —— by

that God we both adore ——

Tell this soul with sorrow laden if, within

the distant Aidenn,

It shall clasp a sainted maiden whom the

angels name Lenore ——

Clasp a rare and radiant maiden whom

the angels name Lenore."

　　　　　Quoth the raven, "Nevermore."

"Be that word our sign of parting, bird or

fiend!" I shrieked, upstarting ——

"Get thee back into the tempest and the

Night's Plutonian shore!

Leave no black plume as a token of that

lie thy soul hath spoken!

폭풍이 너를 날려 이곳 기슭으로 보냈는지,
유령의 마술로 가득한 이 황무지에
두려움 없이 날아든 새여!
'공포'가 나타나는 이 집에,
 ― 간청하니 진심으로 말해 줄 수 있는가,
길레아드에도 슬픔을 치료하는 향이 있는가?
제발 내게 말해 다오."

　　　　　　까마귀는 말했다, "이제 끝내야 해."

"예언자여!" 나는 말했어
"흉측한 것아! ―
새건 악마건 그대 예언자임에 틀림없다!
우리들 위에 존재하는 하늘에 걸고 맹세컨대
저 천국과 우리 둘이 같이 섬기는 신에 걸고
슬픔의 짐을 지고 있는
이 가여운 영혼에게 말해 다오.
저 멀리 에덴에서도
천사들이 레노어라 부르는 성스러운 아가씨를
내 몸속의 정신이 껴안을 수 있겠는가 ―
천사들이 레노어라고 부르는
세상에 두 번 존재하지 않는
빛나는 아가씨를 안아볼 수 있겠는가."

'공포'가 나타나는 이 집에.
간청하니 진심으로 말해 줄 수 있는가.

"길레아드에도 슬픔을 치료하는 향이 있는가?
제발 내게 말해 다오."

Leave my loneliness unbroken! — quit the
      bust above my door!
Take thy beak from out my heart, and take
      thy form from off my door!"
               Quoth the raven, "Nevermore."

And the raven, never flitting, still is sitting,
      still is sitting
On the pallid bust of Pallas just above my
      chamber door;
And his eyes have all the seeming of a
      demon's that is dreaming,
And the lamplight o'er him streaming
      throws his shadow on the floor;
And my soul from out that shadow that
      lies floating on the floor
               Shall be lifted — "Nevermore."

까마귀는 말한다. "이제 끝내야 해."

"그대가 새이건 악마이건 그 한마디를 우리의 작별 인사로
하자!" 나는 벌떡 일어나며 소리질렀어.
"폭풍 속으로, 밤을 건너 저승으로 돌아가거라!
네 혼이 말하는 거짓말로 가득한 캄캄한 깃털 하나도
　　남기지 말고!
내 고독을 부수지 말라! 내 문 위의 흉상에서 떠나라!
내 심장에서 네 부리를 뽑아 가거라
그대의 모습은 내 문으로부터 사라지거라"
　　　　　　　까마귀는 말했다. "이제 끝내야 해."

그리고 까마귀는 날지 않고
내 창백한 팔라스 흉상 위에
여전히 앉아 있었어
두 눈은 꿈을 꾸고 있는 악마의 표정이었어
등잔불이 까마귀 위에 흘러내려서
그 그림자를 마룻바닥에 비추고 있었어
내 영혼은 마루 위에 누운 채 떠돌아다녔어.
　　　　　그 그림자를 떠나는 일은 "이제 끝내야 해."

이 가여운 영혼에게 말해 다오.
저 멀리 에덴에서도

"그대가 새이건 악마이건 그 한마디를 우리의 작별 인사로 하자!"
나는 벌떡 일어나며 소리질렀어.

"폭풍 속으로, 밤을 건너 저승으로 돌아가거라!
네 혼이 말하는 거짓말로 가득한 캄캄한 깃털 하나도 남기지 말고!

내 영혼은 마루 위에 누운 채 떠돌아다녔어.
그 그림자를 떠나는 일은……

기묘하고 아름다운 흉가의 시들

김경주

에드거 앨런 포를 처음 접했던 건 단편소설이었다. 고등학교 2학년 무렵이었던 걸로 기억한다. 포의 독창적이면서도 괴기스러운 상상력에 감탄하며 하숙방 한 구석에 엎드려『검은 고양이』,『붉은 죽음의 가면』,『기묘한 단편집』등을 읽곤 했다. 입시로 과열된 교실의 학습 분위기에 나는 질식당할 것 같은 상태로 하숙방을 드나들곤 했는데, 어느 날 헌책방에서 포의 단편집을 발견한 후 묵살당한 감수성을 보상받는 기분으로 허적허적 페이지들을 빨아들였다. 포의 소설에 등장하는 "자면서도 입가에 침을 흘리던 고양이처럼" 나는 잔뜩 웅크려 있었지만, 머릿속에서는 섬세하고 날카로운 포의 상상계를 여행하고 있었다.

시간이 조금 흐른 다음에는, 에드거 앨런 포가 영미문학사에서 시인으로서도 매우 중요한 문학사적 위치를 갖는다는 사실에 흥미를 갖기 시작했다. 번역되어 있는 시 작품들을 모조리 찾아 읽었고, 번역이 아직 안 되어 있는 시들은 혼자 애쓰며 번역을 해보기도 했다. 글 쓰는 삶을 생각하지도 않았던 시절에 혼자서 마냥 좋아 시도했던 번역이었다. 내 최초의 번역은 에드거 앨런 포의 시「꿈 속의 꿈」이 되었다. 말하자면, 이번 번역 작업은 에드거 앨런 포의 시에 바치던 내 순정 같은 것이다. 시간이 지날수록 포의 소설보다 시를 더 많이 읽게 되었다. 개인적인 생각에서 포의 시 속에는 누구도 흉내 낼 수 없는 그만의 내면으로 가득 찬 아름다움의 절정 같은 것이 존재한다고 느낀다.

포의 시는 대부분 죽은 연인에 대한 상실감과 다른 세계에 대한 동경이나 기묘한 환상성으로 가득하다. 포의 시에서만 경험할 수 있는 그 독특한 흉가적 체험이야말로 매혹적인 우수의 빛깔로 여전히 많은 독자를 견인하고 있다. 내가 그것을 '흉가적' 체험이라고 부르고 싶은 이유가 있다. 흉가는 사람이 살지 않는 장소다. 사람이 살았던 공간은 사람이 빠져나가면 폐가가 되고, 사람들의 입에 오르내리며 흉가로 변모한다. 언젠가 폐가 체험을 하는 인터넷 카페를 드나드는 지인에게 폐가는 제일 먼저 사람이 누웠던 자리부터 썩는다는 말을 들은 적이 있다. 포의 시 전반에 걸쳐 짙고 깊게 내려앉은 정서의 이면에는 상실로 가득한 자아가 있다. 그리고 그의 목소리는 언제나 누군가 옆에 오래 누워 있다가 떠난 자리에 대한 슬픔과 환희로 바쳐진다. 목소리는 그곳을 떠나지 못하고 흉가에 남아 떠돈다. 「애너벨 리」, 「까마귀」, 「꿈속의 꿈」. 누군가 흉가에 남아 혼자서 살고 있다고 생각하면, 그 대상과 우연히 마주친다는 사실에는 공포가 스며 있다.

그러나 포가 슬픔 때문에 흉가에 혼자 남아 세상이 돌보지 않는 시를 쓰고 있다고 생각해 보라! 슬픔이 그의 몸을 다 지나가고 있다는 그의 공포야말로 우리가 문학 작품 속에서 돌봐주어야 할, 우리 안에 숨겨진 인간성이 아니겠는가? 흉가는 포에겐 검은 고양이의 눈동자가 되기도 하고, 까마귀의 우아한 날갯짓과 깃털이 되기도 하고 아무도 없는 해변의 인기척이 되기도 한다. 슬픔을 다 내주어야만 세상에 속한다는 사실에 비탄하여 포는 어떤 세속에도 섞이지 못하는 감정을 자신만의 운율로 창조한 시인이라고 할 수 있다. 포의 문학 전반에 걸쳐 새롭게 연구되는 이 시적인 운율은 광포해 보이고 비속해 보이는 감수성이 치밀하게 계산된 미적 설계라는 점에서 재평가 되어 가고 있다.

보들레르가 에드거 앨런 포의 작품 번역에 일생 동안 공을 들였던 사실은 문학사에 유명한 일례로 남아 있다. 보들레르는 포의 작품을 두고 "여기에는 내가 쓰고 싶었던 작품의 모든 것이 있다."고 했고, 시인 스테판 말라르메는 그의 사후 기념비 앞에 「검은 재로 가득한 황야에 떨어진 고요한 운석」이라는 소네트를 남기기도 했다. 포는 프랑스 상징주의의 시인들과 현대 추리소설 작가들에게 깊은 영감을 주었다. 보들레르, 발레리, 랭보, 로버트 루이스 스티븐슨, 모리스 르블랑, 에거서 크리스티, S. S. 반 다인 등의 작품에 포의 흔적이 배어 있다.

번역을 하면서 끝까지 염두에 둔 사실을 하나 밝힌다면, 에드거 앨런 포의 시가 가지는 불일치의 매력에 접근하는 것이었다. 포의 시는 내용과 운율 전반에 걸쳐 서로 일치시키기 어려운 대극점이 강하다. 사랑스러우면서도 공포스럽고, 불안하면서도 환희에 차 있고, 낭만적이면서도 치밀하고, 명랑하면서도 우수에 가득 차 있다. 가까운 곳에 있으면서도 멀리 있기도 하고, 시작이면서 끝인 착란과 냉정함이 동시에 존재한다. 포의 흉가 '시집'은 아름다운 공포로 지어진 언어들의 더미이자, 불안을 방문하는 화려한 조문객들이다. 아마도 그것은 포의 모든 작품에 등장하는 독창적이고 아름다운 아이러니일 것이고, 그가 합리성에 귀속시키고 싶지 않았던 인간의 오래된 감정의 서사에 해당할 것이다. 통일이나 귀속보다는 불일치의 매혹에서 오는 리듬을 따랐음은 말할 것도 없다.

에두아르 마네가 그린 까마귀 일러스트

에드거 앨런 포

나보코프가 가장 좋아한 작가

이현우

"롤리타, 내 삶의 빛, 내 생명의 불꽃. 나의 죄, 나의, 영혼, 롤-리-타." 러시아 태생의 망명작가 나보코프의 『롤리타』는 그렇게 시작한다. 중년의 사내 험버트와 그가 '님펫'이라고 부르는 소녀 롤리타의 사랑 이야기다. 님펫은 아홉 살에서 열네 살 사이의 소녀들 가운데 특별한 매력을 가진 아이들을 가리킨다. 이들은 자기보다 두 배 혹은 몇 배 더 나이가 많은 남자들을 매료시키는 마성을 지녔다. 험버트가 그런 마성에 사로잡히는 경험은 주관적인 것이고, 객관적으로는 미성년자에 대한 성적 학대로 보인다. 작품이 출간되자 도덕적 논란에 휩싸이기도 했던 이유다.

하지만 그런 논란은 『롤리타』가 실제가 아닌 가상의 현실을 다룬 작품이라는 점에서 오해된 면도 있다. 소설은 물론 허구의 세계이지만 작가는 보통 그것이 실제 현실처럼 보이게 하려고 애쓴다. 반면에 나보코프는 유사 현실의 세계를 그려내면서도 동시에 그것이 고안된 세계임을 끊임없이 암시한다. 『롤리타』에서 그가 창조한 것도 '원더랜드'(이상한 나라)에 빗댄 '험버랜드'이며, 그만의 환상 속 '바닷가 공국'이다.

'바닷가 공국'은 에드거 앨런 포의 시 「애너벨 리(Annabel Lee)」에 나오는 '바닷가 왕국'을 비튼 말인데, 『롤리타』의 처음 제목이 '바닷가 왕국'이었다는 점에서 포에 대한 참조는 확실해진다. 아니, 나보코프 자신이 이 점을 숨기지 않는다. 님펫에 대한 험버트의 환상 혹은 이상성욕을 소재로 삼으면서 험버트에게 포를 모델로 한 문학적 전기를 부여하고 있기 때문이다. 구성상 『롤리타』는 험버트의 수기로 돼 있으니, 이 전기는 험버트 자신이 만들어 낸 것이기도 하다.

  마흔 살의 나이로 불운한 생애를 마친 포에게 유일한 행복은
버지니아 클렘과의 결혼생활이었다. 1935년 스물여섯 살 때 포는
사촌이었던 클렘과 결혼하는데, 당시 그녀의 나이는 고작 열세
살이었다. 둘을 열렬히 사랑했지만 클렘은 결핵에 걸려 일찍
사망한다. 1847년 클렘의 나이 스물네 살 때의 일이다. 크게
상심한 포가 아내를 추억하며 쓴 시가 「애너벨 리」이며, 포는 이
시를 쓰고 난 얼마 뒤 술에 만취해 정신착란 증세를 보이다가
세상을 떠난다.

  "멀고 먼 옛날, 바닷가 어느 왕국에 / 당신이 알지도
모를 / 애너벨 리라는 한 여인이 살았어요. / 날 사랑하고 내게
사랑받는 것 외엔 / 다른 생각이 없는 소녀였어요." 「애너벨
리」의 첫 연이다. 포는 아내와의 사랑을 바닷가 왕국의 이야기로
변형시키는데, 애너벨 리는 천사들의 시샘으로 죽어 차갑게
식고 바닷가 왕국 묘지에 유폐된다. 그럼에도 둘은 한층 더
강렬히 사랑했다. "하지만 우리들의 사랑은 강했어요. / 우리보다
나이가 많은 사람들의 사랑보다도, / 우리보다 지혜로운 사람들의
사랑보다도, / 저 위에 존재하는 천상의 천사들도, / 저 아래에
있는 바다아래 악마들도, / 내 영혼을 아름다운 애너벨리의
영혼으로부터 / 떼어내지 못했어요." 「애너벨 리」는 죽음까지도
넘어서는 사랑을 노래하는 것으로 마무리된다.

  『롤리타』에서 험버트는 포의 러브스토리, 혹은 애너벨 리의
전설을 롤리타 이야기의 모델이자 전사(前史)로 가져온다. "사실
어느 여름날, 내가 첫 번째 여자애를 사랑하지 않았더라면
롤리타는 아예 없었을지도 모른다. 어느 바닷가 공국에서였다."
1910년생인 험버트가 1923년 열세 살의 여름에 만난 첫사랑,
혹은 그 '첫 번째 여자애'의 이름이 '애너벨 리(Annabel Leigh)'이다.
험버트와 애너벨 리는 같은 또래였고, 바닷가 휴양지에서 만난
사춘기의 이 소년소녀는 서로 사랑에 빠진다. "우리는 갑작스럽게,

서투르게, 뜨겁게, 고통스럽게, 미친 듯이 서로에게 빠져들었다. 절망적이라는 말도 덧붙여야겠다."라고 험버트는 회고한다. 그들의 사랑이 절망적이었던 건 아직 육체적 경험이 없는 미숙한 아이들이었기 때문이다. 서로 입맞춤을 해보기도 하지만 그런 접촉은 "건강하고 경험 없는 어린 육체들을 오히려 더 격앙시킬 뿐"이었다. 두 사람에겐 시간이 더 필요했지만 애너벨은 넉 달 뒤에 티푸스로 목숨을 잃는다.

소년 험버트와 포의 사랑이 모두 애너벨이라는 이름을 갖고 있지만 둘의 관계는 조금 차이가 난다. 바로 나이 차이다. 포는 애너벨(아내 크렘)보다 열다섯 살이나 많았지만 험버트는 애너벨과 동갑이었다. 바닷가 왕국에서의 '사랑 이상의 사랑'을 재연하기에는 자격 미달이라고 해야 할까? 따라서 롤리타에 대한 험버트의 열정은 어릴 적 애너벨에 대한 열정의 재생이자 반복이면서 동시에 재시도이다. '험버트 험버트'라는 그의 이름도 이러한 반복과 재시도에 적합한 이름이겠다.

"마법 때문이든 운명 때문이든 간에 롤리타는 애너벨에서 비롯되었다."라고 험버트는 믿는데, 애너벨을 잃은 뒤 24년 만에 님펫으로서의 롤리타가 애너벨의 재현으로 그 앞에 다시 나타난다. "그러나 그 미모사 덤불, 별무리, 전율하던 느낌, 불꽃같은 열정, 달콤한 이슬, 그 통증은 내게 남아 있다. 그리고 그 이후로 내내 해변의 귀여운 팔다리와 뜨거운 혀는 나를 쫓아다녔고 마침내 24년이 지나 나는 그녀의 마력에서 벗어난다. 오직 또 다른 모습으로 나타난 그녀에 의해서." 님펫은 두 남녀 사이의 일정한 나이차를 전제로 하기에 어린 시절 험버트의 애너벨은 님펫이 아니었다. '죽음 너머의 사랑'을 '님펫에 대한 사랑'으로 변형시키면서 험버트는 롤리타에 대한 사랑이 어린 시절에 대한 향수의 의미도 갖게 만들었다. 아니, 그러한 의미를 숨겨놓은 건 작가 나보코프다. 어릴 적 나보코프가 가장 좋아한 작가의 한 명이 바로 포였으니까.

세계시인선 6　　　애너벨 리

1판 1쇄 펴냄　2016년 5월 19일
1판 3쇄 펴냄　2022년 2월 18일

지은이　　　에드거 앨런 포
옮긴이　　　김경주
발행인　　　박근섭, 박상준
펴낸곳　　　(주)민음사

출판등록　1966. 5. 19. (제16-490호)
주소　　　　서울시 강남구 도산대로1길 62
　　　　　　강남출판문화센터 5층 (06027)
대표전화　02-515-2000　팩시밀리 02-515-2007

www.minumsa.com

ⓒ 김경주, 2016. Printed in Seoul, Korea

ISBN　978-89-374-7506-1 (04800)
　　　　978-89-374-7500-9 (세트)

세계시인선 목록

1	카르페 디엠	호라티우스	김남우 옮김
2	소박함의 지혜	호라티우스	김남우 옮김
3	욥의 노래	김동훈 옮김
4	유언의 노래	프랑수아 비용	김준현 옮김
5	꽃잎	김수영	이영준 엮음
6	애너벨 리	에드거 앨런 포	김경주 옮김
7	악의 꽃	샤를 보들레르	황현산 옮김
8	지옥에서 보낸 한철	아르튀르 랭보	김현 옮김
9	목신의 오후	스테판 말라르메	김화영 옮김
10	별 헤는 밤	윤동주	이남호 엮음
11	고독은 잴 수 없는 것	에밀리 디킨슨	강은교 옮김
12	사랑은 지옥에서 온 개	찰스 부코스키	황소연 옮김
13	검은 토요일에 부르는 노래	베르톨트 브레히트	박찬일 옮김
14	거물들의 춤	어니스트 헤밍웨이	황소연 옮김
15	사슴	백석	안도현 엮음
16	위대한 작가가 되는 법	찰스 부코스키	황소연 옮김
17	황무지	T. S. 엘리엇	황동규 옮김
18	움직이는 말, 머무르는 몸	이브 본푸아	이건수 옮김
19	사랑받지 못한 사내의 노래	기욤 아폴리네르	황현산 옮김
20	향수	정지용	유종호 엮음
21	하늘의 무지개를 볼 때마다	윌리엄 워즈워스	유종호 옮김
22	겨울 나그네	빌헬름 뮐러	김재혁 옮김
23	나의 사랑은 오늘 밤 소녀 같다	D. H. 로렌스	정종화 옮김
24	시는 내가 홀로 있는 방식	페르난두 페소아	김한민 옮김
25	초콜릿 이상의 형이상학은 없어	페르난두 페소아	김한민 옮김
26	알 수 없는 여인에게	로베르 데스노스	조재룡 옮김
27	절망이 벤치에 앉아 있다	자크 프레베르	김화영 옮김
28	밤엔 더 용감하지	앤 섹스턴	정은귀 옮김
29	고대 그리스 서정시	아르킬로코스, 사포 외	김남우 옮김

30 셰익스피어 소네트 윌리엄 셰익스피어 | 피천득 옮김

31 착하게 살아온 나날 조지 고든 바이런 외 | 피천득 엮음

32 예언자 칼릴 지브란 | 황유원 옮김

33 서정시를 쓰기 힘든 시대 베르톨트 브레히트 | 박찬일 옮김

34 사랑은 죽음보다 더 강하다 이반 투르게네프 | 조주관 옮김

35 바쇼의 하이쿠 마쓰오 바쇼 | 유옥희 옮김

36 네 가슴속의 양을 찢어라 프리드리히 니체 | 김재혁 옮김

37 공통 언어를 향한 꿈 에이드리언 리치 | 허현숙 옮김

38 너를 닫을 때 나는 삶을 연다 파블로 네루다 | 김현균 옮김

39 호라티우스의 시학 호라티우스 | 김남우 옮김

40 나는 장난감 신부와 결혼한다 이상 | 박상순 옮기고 해설

41 상상력에게 에밀리 브론테 | 허현숙 옮김

42 너의 낯섦은 나의 낯섦 아도니스 | 김능우 옮김

43 시간의 빛깔을 한 몽상 마르셀 프루스트 | 이건수 옮김

44 작가 호르헤 루이스 보르헤스 | 우석균 옮김

45 끝까지 살아 있는 존재 보리스 파스테르나크 | 최종술 옮김

46 푸른 순간, 검은 예감 게오르크 트라클 | 김재혁 옮김

47 베오울프 셰이머스 히니 | 허현숙 옮김

48 망할 놈의 예술을 한답시고 찰스 부코스키 | 황소연 옮김

49 창작 수업 찰스 부코스키 | 황소연 옮김

50 고블린 도깨비 시장 크리스티나 로세티 | 정은귀 옮김

51 떡갈나무와 개 레몽 크노 | 조재룡 옮김

52 조금밖에 죽지 않은 오후 세사르 바예호 | 김현균 옮김

53 꽃의 연약함이 공간을 관통한다 윌리엄 칼로스 윌리엄스 | 정은귀 옮김

54 패터슨 윌리엄 칼로스 윌리엄스 | 정은귀 옮김

55 진짜 이야기 마거릿 애트우드 | 허현숙 옮김

56 해변의 묘지 폴 발레리 | 김현 옮김